KB076996

기억의 문을 열면

기억의 문을 열면
박종숙 시집

초판 인쇄 2024년 08월 10일
초판 발행 2024년 08월 15일

지은이 박종숙
펴낸이 신현운
펴낸곳 연인M&B
기 획 여인화
디자인 이희정
마케팅 박한동
홍 보 정연순
등 록 2000년 3월 7일 제2-3037호
주 소 05056 서울특별시 광진구 자양로 73(자양동 628-25) 동원빌딩 5층 601호
전 화 (02)455-3987 팩스 (02)3437-5975
홈주소 www.yeoninmb.co.kr
이메일 yeonin7@hanmail.net

값 12,000원

ⓒ 박종숙 2024 Printed in Korea

ISBN 978-89-6253-575-4 03810

박종숙 시집

기억의 문을 열면

연인M&B

열 번째 시집 출간 이후에
너무나 긴 시간이 흐른 것 같다.
숙제가 밀린 아이처럼 늘 마음이 편치 않았다.

며칠 전 한 독자로부터 전화를 받았다.
오래전에 쓴 나의 시를 어디서 읽었는데
자신의 마음을 크게 울렸다며
시집을 구해서 읽고 싶다고 말했다.
또한 나의 연락처를 알아내는데
매우 힘들었노라고 힘주어 말했다.
처음엔 매우 부끄럽고 당황했으나
늘 다짐했던 말이 떠올랐다.
단 한 명의 독자를 위해서라도
기꺼이 밤을 새우겠다고 했던 말,
독자로부터 받은 전화가 정신을 번쩍 들게 했다.

어린 시절 시의 씨앗을
가슴에 품었던 때를 다시 기억하며

열 번째 시집 이후에 짬짬이 써 모았던
시들을 조심스레 묶어 본다.
유행 지난 옷처럼 발표 시기가 맞지 않은
시들도 있지만 그냥 싣기로 했다.
까맣게 잊고 있던 시인의 본분을 깨닫게 해 주신
독자님께 진심으로 감사하다.
나의 글을 읽고 전화 주신 독자님처럼
더 많은 분들 마음에 들어가고 싶다.
그리고 이젠 게으름 피우지 않고
남은 그날까지 열심히 글을 써 보리라.
항상 시의 샘이 되어 주시는
어머니가 오래오래 건강하시길 빈다.
그리고 사랑하는 모든 분들께
언제나 기쁨이 느닷없길 기원한다.

2024년 7월
박종숙

시인의 말 4

제1부 기억의 문을 열면

제3부   기억 속을 달리다

/ 제1부 /

기억의 문을 열면

바라볼수록

시들어 가는 꽃처럼 점점 굽어지는 어깨
거기에 매달려 살아온 세월
너무 아득해 셀 수가 없다

고맙고 미안하고 안쓰럽고
무슨 말로 위로를 할까
자꾸만 마음이 짠하다

고단함에 짓눌린 흔적
멀리서도 금세 눈에 띄는
그 모습처럼 굽어지는 나의 마음

열심히 살아온 훈장이라지만
굽어진 어깨를 볼 때마다
꽃잎이 되어 어루만져 주고 싶다.

산책길에 문득

점점 말수도 줄고 표현도 무뎌진
그냥저냥 사는 아주 오래된 짝꿍
건강을 핑계 삼아 식사 후 걷는
동네 한 바퀴
댓 걸음 앞에 걷는 나를 따라
황소처럼 느릿느릿 오다가 문득
"오랜만에 이거나 해 볼까?"
아카시아 잎줄기 한 개씩 들고
가위 바위 보를 하잔다
젊은 시절에 즐겨 했던 놀음을
일흔이 넘어 지금 하고 싶어진 건
그도 나처럼 추억이란 게 담겨 있는 걸까
가위 바위 보를 외치며 한 잎씩 떼어 내다
갑자기 두 잎씩 떼어 내며 승부욕을 보이는데
아직 젊음이 살아 있는 듯해 싫진 않았다.

거울이 된 사람

바라보고 있으면 내 모습이 보이는 사람
긴 세월 같은 곳을 바라보고
같은 음식을 먹고
같은 공간에서 숨을 쉬었으니
그 모습이 바로 내 모습 아닐까
내가 몸이 아프면
그는 마음이 아프고
그가 하품을 하면
나도 따라 하품을 한다
나는 그를 통해 나를 보는데
내가 먼저 떠나고 나면
그는 어떤 거울을 보아야 할까.

닭장을 짓다

세상에 태어나 처음으로 집을 지어 본다며
종이 위에 닭장 모양을 그리고 또 그리고
재료는 무엇으로 할까
남들의 것을 구경하고 검색만 또 며칠
드디어 바닥 공사를 마쳤다며 웃더니
하루는 울타리를 세우고 신났다
그리고 또 며칠 지나 지붕이 덮이고
장날에 병아리 열다섯 마리 사서 넣었다
암놈 열두 마리, 수놈 세 마리
먹이통은 무엇으로 할까
물통은 몇 개를 넣어야 할까
밤에 무서워하지는 않을까
주인의 관심도 모르고
비 오는 밤 한 마리가 눈을 감았다
애처로워하는 마음이 얼굴에 가득하다
젊은 날 자식 낳아 키울 때보다 더 정이 가는지
나이 칠십에 닭에게 온 정성을 쏟는다
닭장 하나 지어 보더니 이젠 집도 지을 수 있다며
곧 통나무집 한 채 내게 선사할 태세다.

살다 보니

잠 한 번 실컷 자 보았으면
온종일 연속으로 드라마를 볼 수 있었으면
잔소리 없는 세상에서 마음껏 자유를 누려 봤으면

그런 시절이 있었다

늘 무언가를 갈구하고
마음 가득 불만이 차서
웃음 대신 원망으로 시간을 보내던

그런 시절도 있었다

세상은 공평하다고 했나
그토록 시간에 쫓기어 허덕이던 내게
주체할 수 없는 시간이 주어졌다

이런 날이 내게도 오다니…

밤인 듯 낮인 듯
자도 되고 깨어도 되고
종일 드라마를 봐도 누가 뭐랄 사람 하나 없는

이런 날이 내게 선물처럼 안겼다.

딸아

언제부턴가 내 모습이 너에게 있어
나도 모르게 깜짝깜짝 놀라곤 하지
내가 내 엄마한테 했던 말과 행동들
어쩜 그렇게 나와 똑같이 내게 하는지
다행인 것은 사랑이 담긴 염려의 말이란 것
혹여 내가 내 엄마한테 불손했다면
부메랑처럼 나를 쳤을 텐데
천만다행이야

나도 우리 엄마의 하나뿐인 딸
너도 나의 하나뿐인 딸
사랑의 끈으로 묶인 우리는
점점 더 닮아 가는 모습이 될 테지
남은 생에 우리 엄마 더 사랑해야지
그래야 내 딸도 나를 오래 사랑할 테니
우리 엄마가 그랬듯 나도 너를 생각하면
늘 안쓰럽고 사랑스럽고 어여쁘기만 하지
딸아! 건강하고 행복해라.

아들아

가을비가 창문에 매달려 울고 있다
두 손바닥 유리창에 붙이고
미끄러지지 않으려 애쓰는 모습
너의 손을 움켜쥔 내 마음 같구나

이런 날이면 네가 너무 보고파
단단히 묶었던 마음도 어쩔 수 없어
분수처럼 치솟는 그리움 앞에
어느새 나도 가을비가 된다

허공에 대고 너의 이름 불러 보고
내 마음 닮은 노래를 들어도
너는 너무 멀어 닿질 않고
서러움만 울컥울컥 치솟는다

얼른 자라서 어른이 되라고 했던 말
수없이 후회하고 다시 입에 담아도
둥지를 떠나 버린 너인 것을
참 많이 보고 싶구나.

친구를 위해 기도함

부처님을 섬기는 친구는
날마다 그 높은 산을 걸어 올라가
부처님 앞에 백팔 배를 올리고
어느 날은 삼천 배를 올렸다면서
걸음도 제대로 못 걷고 절뚝거린다
세상의 모든 죄를 혼자 짊어진 듯
날마다 용서를 빌고 감사의 절을 올리더니
지금은 무릎 관절이 너무 아파
절에도 못 가고 집에서 기도를 드린다
나는 부처님께 소원을 빌어 본다
평생 당신 앞에 엎드린 내 친구
더는 다리 아프지 않게 해 달라고
아직도 용서할 게 남으셨는지
내 친구 제발 아프지 않게 해 주소서.

오늘의 일기

예보된 비는 아직 내리지 않아 다행이다
기차역 출구를 내려가는 계단이 오늘은 더 길다
차를 세워 머물 수 없는 곳임을 알기에
기다림이 있는 달음박질은 곱으로 뛰게 된다
역시 근처 몇 바퀴를 돌고 왔다는 친구
미안함도 잠시 그저 반갑기 그지없다
강이 보이는 찻집에 마주 앉아 우린 이야기를 푼다
인생의 뒤안길에서 만난 귀한 인연
접힌 부채 속에 숨었던 이야기
어느새 우린 속마음을 펼쳐 부채질을 하고 있다
동갑내기 친구 얼굴을 보며 거울인 듯 나를 본다
어느새 빙수 그릇과 찻잔은 비워지고
친구의 추억담은 영웅의 전승처럼 신이 나는데
예보된 작달비가 강물 위로 내리꽂힌다
강물엔 수없는 볼우물이 패이고
우리가 뱉은 수많은 이야기들은 비밀처럼 가라앉는다
몇몇 이야기는 두물머리 어디쯤에서 또 만나겠지
양평에서 원주까지 예약된 기차를 타야 하기에
친구는 다시 태웠던 자리로 나를 내려놓는다
양평의 향기가 점점 좋아지고 있다
아마 곽 시인이 살고 있는 탓이겠지.
다음엔 내가 먼저 기다려야지.

22

무지개만 보면 생각이 나는

그 새벽 어머니는
꽃과 무슨 이야기를 나누셨을까

해도 뜨지 않은 이른 아침
꽃밭에 엎드린 채
하늘나라로 가신 시어머니

누구의 부름이 있었기에
그리 급히 가셨을까
꽃향기를 따라 가신 걸까

영구차 창문으로 보인 무지개
어머니 건너시는 다리 같아
한참을 목 놓아 부르며 울었다

세월이 숱하게 지났건만
그날이 아직도 생생히 떠올라
자꾸만 하늘을 보게 된다

왜 자식들은 철이 늦게 드는 걸까
참으로 외롭고 힘드셨을
아! 보고 싶고 그리운 어머니.

어느 모성 앞에서

뉴스를 보다가 눈을 감고 말았다
그물에 걸린 만삭의 상어
육지에 몸이 닿자 죽음을 감지한 듯
숨을 몰아쉬며 힘을 준다
상어의 배에서 새끼가 고물고물 기어나온다
한 마리 두 마리 세 마리…
어미는 죽을힘을 다해 새끼를 내놓고 숨이 멎었다
아! 아무 말도 할 수가 없다
저 새끼들 물에 놓아 주면 살아갈 수 있을까
먹이 먹는 법도 배우지 못하고
어미의 울음소리도 듣지 못한 채
사람의 손에 들리어 바닷물에 놓였다
자신이 죽는다는 것을 깨달은 어미 상어
달도 안 찼을 새끼들을 살려 보고자
안간힘을 쓰는 저 모습이라니
그것을 바라보는 수많은 어미들은
말을 잃고 울었으리라
미안하다 미안하다
사람이 미안하구나.

혼자 먹는 밥

녀석은 밥보다 겁을 먼저 삼킨다
불빛보다 강한 눈빛을 떨며
어딘가 숨겨 놓은 새끼들 걱정에
먹이를 씹는 둥 마는 둥

아주 빠르게 아주 조금만
급히 음식을 삼키고
물도 먹지 못한 채
새끼들 지키러 또 숨어 버린다

발소리 끊기고
새끼들 잠든 시각
아무도 없는 틈을 타
혼자 살짝 먹고 가는 밥

길고양이 엄마는 오늘도
세상의 무서운 것들과 맞서
새끼들을 지켜 내야 하기에
혼자 밥을 먹는다.

행복이란 게

아주 멀리 있는 것도
높은 곳에 있는 것도 아닌
내 안에 있다는 것을
왜 진작 몰랐을까

그것을 잡으려고
그것을 안으려고
긴 세월 동안
헛손질만 해댔다니

늘 갈급하며
내가 갖지 않은 것에
남들이 부러워 잠 못 들던
어리석은 시간들이 웃는다

내가 가진 것에 만족하며
식구들과 오순도순 모여 앉아
밥숟가락 부딪치며 하하 호호
그게 바로 행복인 것을.

편지

할머니! 생신 축하드려요
건강하게 오래오래 사세요

손자들이 글씨를 배운 후부터 매년 써 주는 편지
어느새 열세 살과 열여덟 살이 된 두 손자
그들이 빌어 준 소망 덕분일까
아직 나는 분명 살아 있다

매일 잠자리에 들 때면 아침을 또 볼 수 있을지
기대를 버리고 잠든 지 오래되었지만
눈을 뜨면 또
감사한 마음으로 하루를 맞는다

오래 산다는 것
정말 행복한 일일까 생각하면서도
내년에도 후년에도 또…
손자들의 편지를 또 받고 싶으니.

기억의 문을 열면

아무도 모르게 가끔씩 열어 보는 나만의 창고가 있다. 금고보다 더 길고 어려운 비밀번호를 장착한 문을 열고 들어가면 그 안엔 흑백사진 남매가 앉아 있다.

교복을 입은 오빠 옆에 쪼그리고 앉아 참새가 구워지기를 기다리는 대여섯 살쯤의 나. 지금 생각하면 먹을 게 뭐가 있다고, 오빠가 새총으로 잡은 참새가 구워지기를 아궁이 앞에 앉아 기다리면 오빠는 새까맣게 탄 참새의 가슴팍 살을 발라 작은 내 입에 넣어 주곤 했다. 생각이 골똘해질수록 기억의 사진은 더욱 선명해지고 오빠의 사랑이 마음을 울린다.

무엇이든 잘 잡는 우리 오빠는 갯고랑에서 게도 많이 잡았다. 가느다란 새끼줄에 거품 문 게를 열 마리씩 엮어 장에 가서 팔아 토끼를 사 왔다. 나는 토끼가 너무 예뻐서 토끼풀을 뜯어다 주곤 했는데 예쁜 모습보다 강한 지린내가 더 기억에 남는 건 왜일까. 토끼장 문을 어둡게 가려 줄 때면 새끼를 낳은 것이었다. 오빠는 그렇게 토끼 식구를 늘리더니 하얀 염소와 바꾸어 왔다.

어느 날 집에 기르던 하얀 염소가 까만 새끼를 낳았다. 신기해서 눈을 못 떼는 나에게 염소 아빠가 까만색이라고 말해 줬다. 해 질 녘에 오빠랑 같이 염소에게 풀을 뜯으러 나갈 때면 너무나 행복했다. 그때 보았던 노을과 집집마다 피어오르던 굴뚝의 연기, 오빠는 하얀 염소, 나는 까만 아기 염소를 데리고 오빠의 노랫소리를 들으며 걷던 그 그림은 세상 그 어떤 것과도 바꿀 수 없는 멋진 명화로 내 가슴에 담기었다.

띠 동갑인 오빠와 나는 개띠다. 오빠가 말하길 "개는 잡식성이니까 음식을 가리지 않고 먹는 거야." 덕분에 나는 가리는 것 없이 이것저것 잘도 먹는다. 두 눈을 감고 기억 창고를 더듬으면 오빠 등에 업힌 내가 코를 박은 채 자고 있다. 세상 가장 편한 곳이 오빠 등이었나 보다.

60년도 넘은 기억 창고에는 이야기 담긴 흑백사진이 군데군데 붙어 있다.

이름을 지우다

우리가 사는 동안 몇 명의 사람들을 만날 수 있을까
휴대폰에 저장된 수많은 이름들을 하나하나 불러 본다
누군가는 평생의 은인이었고
누군가는 오른팔처럼 의지가 되기도 했던 사람
없으면 죽을 것처럼 가까웠던 친구도 있고
다시는 기억하고 싶지 않은 이름들도
뚫어지게 나를 바라보고 있다
인생의 협곡을 지나고 강을 건너다보니
하나둘 잊히어 얼굴도 기억나지 않는 이름들이 허다반
하다
귀한 인연이라 차곡차곡 저장을 했을 텐데
아무리 눈을 씻고 다시 보아도 얼굴이 떠오르지 않아
낯선 이름 앞에서 한숨을 뱉는다
그들은 나를 기억할까
한 번도 불러 주지 않는 그들의 휴대폰 속에도
내가 들어 있을까
기억 속에서 사라진 그 이름들을
하나씩 하나씩 지우고 있다.

* 2022 겨울 엄브렐라에 수록.

소설을 쓴다

누군가 말했지
인생은 소설이라고
세상에 있음직한 이야기는 바로
그런 이야기들이 세상에 있다는 뜻
어머니의 살아온 이야기는 열 권 넘는 책이라 했고
아버지의 삶은 무협지보다 더 박진감이 넘친다
왜 그렇게 죽을 고비는 많이 겪었는지
굽이굽이 구원의 손길은 왜 그리도 자주 등장하는지
내가 걸어온 길은 단편이라도 될까
우리는 모두 소설을 쓴다
소설이 되기 위해 사는 것이다.

리셋이 그립다

잠 못 드는 밤이면 사진첩을 펼쳐 놓고 아들과 딸내미 아기 때 사진을 한참씩 들여다본다. 내가 저 아이들의 엄마였지, 종일 아기를 안고 업고 젖을 물리고 기저귀를 빨아 널고, 그렇게 보낸 시간들이 있었지. 지금은 그 아이가 커서 부모가 되었고 손자들이 할머니를 부르며 달려든다. 처음부터 할머니였던 것처럼 젊은 날이 흐려지고 있다. 한때는 나도 젊은 엄마였고 아이들 때문에 웃고 울던 때가 있었는데… 지금은 그들에게 걱정이 되고 짐이 되는 나이가 되었으니, 사진 속에 갇힌 내 젊은 날이 그립다. 다시 올 수 있다면 더 멋지게 살아 볼 수 있을 것 같은데 너무 멀리 와 버린 것 같다.

가을비 오는 날

마음도 앉아 있지 못하고 서성이는 오후
빗줄기가 손님처럼 창문을 두드린다
내 마음처럼 온 거리를 헤매던 나뭇잎
발이 묶인 채 땅바닥에 납작 엎드렸다
가을걷이가 덜 끝난 들판을 생각하면
반갑지 않은 손님이지만
잠시 쉬어 가라고
들뜬 마음 가라앉히라고
겨울을 잠시 막아선 가을비 앞에서
나뭇잎처럼 발을 붙이고 서 있다.

그 아이

두 눈엔 회색 서클렌즈
탈색한 머리카락을 상투처럼 틀어 올리고
두 볼엔 짙게 그린 붉은 연지가 눈을 잡는다

진분홍빛 입술을 열어 웃을 때
누런 이빨만이
본래 그녀의 색

광고에서나 볼 법한 외모를 하고
인조 손톱을 세워 속눈썹을 치켜 올리는
그 아이 웃음이 비에 젖는다

세상에 대한 불만과
채워지지 않는 욕구가
외모에 덕지덕지 붙어
사람들의 시선을 끌어 보지만

아무리 꾸며도 채워지지 않는 갈증
내일은 또 어디에
무슨 색을 덧칠하고 나타날까.

행복이 별건가

가로 50센티미터 세로 150센티미터
초록색 긴 의자에 몸을 얹으면
관 속에 누운 듯한 아늑함을 느끼지만
몸길이보다 짧은 의자는
발목을 밑으로 떨어뜨려야 한다
고단함은 이것도 감사한 듯
눈꺼풀이 나비처럼 내려앉고 있다
순간 잠시 생각을 해 본다
지하철역에서 노숙하는 사람들
비바람만 피해도 고맙다며
새우처럼 등 구부리고 누워
잠 부르는 소주를 마시는 그 마음 알 것 같다
몸 하나 누울 침상이 있는 것만으로도
감사하고 행복한 일인 것을
우리는 그것을 잊고 더 큰 행복을 찾아
길고 긴 인생길을 헤매고 있다.

뒷모습

다음 주에 군대 가기 때문에
선생님께 인사드리러 왔습니다

고등학생 때 보았던 모습 그대로
2년이 지난 오늘 느닷없이 찾아와
환하게 웃으며 손을 내미는 종원이

웃는 얼굴 뒤로 걱정이 많을 텐데
무언가 따뜻한 위로가 필요할 텐데
아무 말이나 던지며 그를 웃겨 본다

누구나 다 가는 군대잖아
네 덕분에 난 또 편하게 잠을 자겠네
요즘은 2년도 안 걸린대
전에는 3년씩 군대 생활을 했어

위로랍시고 던지는 말에 그는 또 웃는다

아무튼 건강하게 잘 다녀오렴
휴가 나오면 맛있는 밥 먹자
그의 손이 아직도 차다

돌아서는 뒷모습이 마음을 짠하게 한다
그의 부모는 더 그렇겠지
멀어지는 뒷모습을 지켜보며
부디 잘 다녀오너라.

* 2019. 11. 3.

찻물을 붓다 문득

우윳빛 사기 찻잔에
마른 찻잎 한 꼬집 넣고
끓인 물을 붓는다

화들짝 놀란 찻잎들
화를 내듯 두 팔을 번쩍 들다가
금세 체념하듯 팔을 내리고

속으로 울음을 푸는지
푸릇한 설움이
찻잔 가득 퍼진다

죽어서도 존재를 알리는 찻잎
향기로 항변하려 드는데
그 모습 참으로 기품 있어라

한생을 마친 후 나에게도
저런 향기가 있으면 얼마나 좋을까
찻잎이 되기 위한 삶을 살아야겠다.

이 겨울에

수은주가 곤두박질치는 아침, 자라처럼 고개를 오므린 사람들, 이 추위 속에 전통체험 여행이라도 온 것일까, 매미 날개 같은 한복을 입고 손을 호호 불며 무리무리 경복궁으로 들어가는 이방인들이 몹시 추워 보인다. 추위를 잊은 채 색색의 한복을 입고 뭐가 그리 즐거운지 깔깔거리며 사진을 찍는 사람들을 보며 내 목이 더 움츠러드는 것은 왜일까? 이 나이 먹도록 한 번도 입어 보지 못한 궁중의 예복들, 낯선 나라 사람들은 임금님 옷도 입고, 왕비의 옷도 입고, 수문장 옷까지 입고 거리를 활보한다. 분명 관광객은 저들인데 나는 지금 그들을 구경하고 있다. 부디 감기 걸리지 않고 잘 놀다 가기를 빈다.

나는 지금 연습 중

손바닥만한 창문 하나
방이라 부르기엔 너무나 작은 곳
천장까지 새하얀 정사각의 네모 방
그 안에 달랑 책상 하나 침상 하나
수인의 감방도 이보단 크겠지
내 키보다 작은 직사각형의 침상
그 위에 고단한 몸을 누이면
두 팔과 발목이 침상 아래로 디룽댄다
욕심이 쌓은 삶은 짐만 될 뿐
모두 부질없음을 깨닫는 순간이다
두 발 얹어 뻗을 수만 있어도
크나큰 축복이란 것을
인생의 마지막 집을 향할 때
반듯이 몸뚱이 펴고 누울 관 하나만 있어도
행복이란 것을 진심으로 깨닫는 밤이다.

/ 제2부 /

그럴 수만 있다면

귀를 반쯤 닫고

그녀가 오는 날이면 소란스럽다
성격이 급한 그녀는 덜 씹은 밥을 삼키듯
하던 말을 끝맺기 전에 또 다른 말을 시작한다
자기 자랑
자식 자랑
이 흉 저 흉
마치 곤줄박이 무리가 합창하는 것처럼
온갖 세상 소식을 쏟아 내는데
두 귀에 받아 담기가 너무 바쁘다
웃을 새도 없이 정신을 빼놓는 그녀
이제는 요령을 터득했다
귀는 반쯤 닫고 미소의 문은 활짝 열기로
그녀는 웃는 내 얼굴 보며 연신 말을 하고
걸러서 듣는 두 귀는 즐거움만 가둔다
내일은 또 무슨 이야기를 가둘까.

버려지는 것들

오늘 또 누가 이사를 갔나 보다
재활용 분리수거장에 산처럼 쌓인 가구들
얼마 동안 같이했는지 몰라도
추위에 버려져 떨고 있는 저들은
속으로 엄청 울고 있으리라
장롱, 이불, 냉장고, 티브이
냄비며 솥단지까지
한순간에 쓰레기가 되고 말았다
반 자루도 넘게 남은 개 사료를 보니
그 주인도 어딘가로 보내졌으리라
누구는 섬나라에 자식도 버리고
부모도 버리고 왔다는데
그깟 살림살이쯤이야 버려진들
누가 말할 수 있겠는가
다만 염려되는 것은
머지않아 우리도 저렇게 버려지지 않을까.

점점 줄어드는 말거리

젊음, 그 어느 날엔
누군가와 마주하면 자랑할 것도
궁금한 것도 참 많았는데
요즘 만나는 사람들은 온통
손주 자랑과 딸 이야기
그리고 남편의 밥과 건망증 이야기뿐이다
사진까지 들이밀며 자랑을 해대는 친구를 보며
손주가 없는 사람은 슬그머니 일어나거나
애꿎은 화장실만 들락날락
약은 무얼 먹느냐
운동은 어떻게 하느냐
아침 식사는 빵이냐 고구마냐 등등
나이가 든다는 것은 말거리가 줄어들고
염려증과 질문만 늘어난다는 것
어느새 그 대열에 끼어 있는 나
갑자기 마음이 서늘해진다.

아! 제발 좀

오늘도 바람을 맞았다
만나기로 해 놓고
연락도 없이 안 온다

혹여 무슨 일이 생긴 건 아닐까
아픈가
잊었나

온갖 생각을 하며 시계만 본다
한 시간 두 시간 그리고…
오지 않는다

기다림으로 종일 시간을 채운 나
몰려드는 허기에 화가 난다
기다림은 아무리 삼켜도 배가 고프다.

약속이란

혹여 지키지 못하면 어쩌나
미리 걱정하는 성격 탓에
약속 앞에서는 항상 망설임이다

어릴 때 아버지는 늘 말하셨다
약속은 반드시 지키는 거라고
못 지킬 약속은 애당초 하지 말라셨다

아버지는 스무 살, 엄마는 열다섯 살
사모관대 족두리 쓰고 맺은 언약 때문에
평생을 함께 사는 거라고 하셨다

반지도 없는 언약을 했어도
그 말의 무게를 잊으면 안 된다고
그래서 참고 견디는 거라 하셨다

그렇게 무거운 말이 약속인데
영원까지 함께하자고 했던 말
그것을 지킬 수 있을지 겁이 난다.

더불어 살고파

눈에 띈 화분 하나
아기 품은 엄마처럼
노오란 꽃 한 송이 안고 있다

자랑처럼 웃고 있는
그 모습에
냉큼 사서 집으로 왔다

꽃 이름은 수선화
별을 닮아 나는,
별꽃이라 불렀다

보면 볼수록 반짝이는 꽃
고결하고 신비한 꽃말처럼
보기만 해도 눈이 부시다

하루 이틀 그리고…
종일 웃고 있던 별은
밤하늘이 그리운 걸까

물을 주고 창가에 세워 빛을 쬐어도
수선화는 자꾸 고개를 숙인다
별무리가 그리운 것 같다.

가지 않는 손님

밥 한 번 주었더니 자꾸 찾아와
내 집 강아지처럼 눌러앉은 고양이
처음으로 주문한 사료 한 바가지 퍼서
툇마루 끝에 놓아 주었더니
아무 때나 먹고 아무 때나 자고
해바라기도 하면서 내게 곁도 내준다
어느 날은 배를 드러낸 채 재주도 부리고
발톱을 오므린 채 앞발 들어 장난을 걸기도 하는 것이
마치 개구쟁이 손주 같다
한 달 두 달 그리고…
어디에서 데려왔는지 어미고양이와 새끼 네 마리
여섯 식구가 옹기종기 모여 앉았다
얻어먹는 주제에 객을 들였나 생각하다
한 가족임을 알고 놀랐다
살 만한 곳이라 여겨 데려온 것일 게다
갑자기 식구가 불어서 정신이 없다
눌러앉은 손님은 무서운 식구가 되었다.

이룰 수 없는 사랑

눈 녹으면 어김없이 돋아나는 새싹
남보다 먼저 봄을 알리려는 듯
손잡고 놀러 나온 아이들처럼
고만고만하게 줄지어 키재기를 한다

군자란보다 튼실하고 뭉툭한 새싹
꽃을 보지도 못하고 사그라져야 하다니
꽃은 또 얼마나 잎이 보고플까
서로를 본 적도 없이 불리는 이름
상 사 화

두툼한 초록의 잎이 누렇게 주저앉고
긴 여름 지나 가을볕 사이로
꽃대가 고개 내밀면
도도하고 까칠한 매력 덩어리
그 끝에 찬란하게 꽃이 피어난다

그리움이 짙어
보고픔이 짙어
붉은 꽃이 되었나
영겁의 세월 뒤에도 만날 수 없는
잎과 꽃의 애절한 사연이 눈을 잡는다.

그럴 수만 있다면

파쇄기 속으로 빨려 들어가는 종이
새까맣게 채웠던 숱한 기록들이
잘디잘게 부서져 가루가 되고 있다
머릿속에 눌러앉은 나쁜 기억들
저 종이처럼 잘게 조각낼 수 없을까
아무리 이어 붙여도 원형을 만들 수 없는
파쇄기의 강력한 힘 앞에서
떠올리고 싶지 않은 아픔들
다시는 만나고 싶지 않은 기억들을
한 장 한 장 밀어 넣고 싶다.

나도 아는 답

혼자 있으면 불안한가요
자주 울고 싶으세요
매사에 의욕이 없고 무력한가요
무언가 결정 앞에서 망설이나요
사람 만나는 게 귀찮고 두려운가요
시드는 꽃에게 물을 주기 싫은가요
잠을 못 자고 온몸이 아픈가요
죽음이 잠보다 편하다는 생각을 하시나요
세 개 이상 동그라미 치셨나요
당신은 우울증이 아주 심합니다
좋은 생각을 많이 하시고
꼭 치료를 받으셔야 해요.

요즘 꿈꾸는 집

한 개의 방으로 시작한 삶이었다
그 안에서 잠도 자고 그 안에서 밥도 먹고
아이의 놀이터도 되고 목욕탕도 되던 그곳
젊음이 파닥이던 그 방이 그립다

방 한 칸 더 늘리는 게 삶의 목표였던 때가 있었다
나이가 들면서 목표는 달성되었지만
그 방을 채우던 아이들은 어느새
제 살 곳 찾아 떠나고 없다

행복은 집의 크기와 무관한 것
온 젊음 다 바쳐 크기를 늘려 가던 집
집이 커질수록 웃음이 잦아들고
정 나눌 기회가 줄어들었는데
아! 그럴 필요가 없었는데…

이젠 점점 줄이는 일에 힘을 쏟을 때
마지막 누워 잠드는 곳은
몸뚱이 하나 넣을 곳이면 충분한 것을
요즘 꿈꾸는 집은 그런 집이다.

깨닫고 또 깨닫고

어미의 부름을 듣고 살금살금 기어 나온 아기 고양이
선뜻 발을 뻗지 못하고 경계를 한다
지름 10센티미터 플라스틱 하수구 안
그곳에서 태어난 새끼 고양이는 밖으로 나오자
두 눈 동그랗게 뜬 채 얼어붙었다
가뭄이기에 망정이지 비라도 왔으면 어쩌려고
하수구 깊숙한 곳에 새끼를 낳았단 말인가
무거운 배를 끌고 들어가 새끼를 낳느라 고생했을 어미
두 눈 홉뜨며 비명조차 참았겠지
꼬물꼬물 엄마 젖을 찾아 고개 드는 새끼를 품에 안고
천적이 나타날까 저 큰 눈을 더 크게 뜨고
숱한 밤을 새웠으리라
하늘도 어미의 마음을 알았는지 마른 날만 주었으니
그렇게 가슴 졸이며 길러 낸 새끼가 드디어 밖으로 나왔다
어미의 신호에 따라 도망도 치고 집으로 숨기도 하고
위험이 없을 땐 어미 곁에 서서 사료 통에 코를 박기도
한다
세상의 어미들은 다 저럴 텐데…
나도 우리 엄마가 저렇게 키웠을 텐데…
그 은공 까맣게 잊고 엄마 앞에 고개 들기 일쑤라니,
고양이보다 나을 게 없구나.

눈이 흐려져도 괜찮아

45년을 함께 살아온 사람
분명 등도 굽고
머리도 하얗게 세고
주름도 많을 텐데
세월을 입는 속도만큼
나의 두 눈도 흐려져
지금의 모습은 잘 보이지 않아
아무리 늙어도 나에겐
청년인 오직 한 사람만 보인다.

어느새 저녁이

어깨 위에 온갖 짐을 얹고 뛰어도
무겁다거나 힘들지 않던
그런 시절이 있었지

엄마, 아내, 자식이라는 이유로
새벽부터 밤까지
시간을 잊고 살던 그때

기다리는 식구들
믿고 바라보는 눈빛들
그거 하나면 고단함도 다 잊었는데

어느새 누군가의 짐이 되었다니
걱정하고 속을 태우는 대상이 되었다니
이 밤이 길지 않았으면 좋겠다.

살아 내기

뭉툭하게 잘려 장승처럼 서 있던 은행나무
온몸 숨구멍마다 새잎을 뿜어낸다
팔이 잘려 어깨만 남은 몸뚱어리
옆구리와 겨드랑이 밑으로
연둣빛 이파리를 수북이 내밀고 서서
항변하듯 다시 고개를 치켜든다
밟히면서 고개 드는 풀처럼
그 질긴 생을 이어 보려 애쓰는 것을 보며
작게나마 나도 용기를 가져 본다
가을날 노오란 은행잎 나풀거리면
손바닥이 부풀도록 박수를 주리라
자랑처럼 세상에 열매 던지며
질기게 오래오래 살아 내길.

정리하기

그놈의 욕심 탓에
버리지 못하고 쌓아 둔 것이
이젠 짐이 되어 한숨만 나온다
영원히 살 것처럼
끌어 모으기만 하던 꾸러미들
어찌 버려야 하나
어떻게 치워야 하나
이런저런 고민으로 밤새우기 일쑤다
아름다운 사람은 머문 자리도 곱다는데
고운 사람이 되기 위한 일을
오늘부터 해야겠다.

모르는 길을 가다

어디쯤 왔을까
어디쯤 가고 있을까
엄지와 검지를 펴서 눈금을 만들어 본다
실눈을 뜨면 더 잘 보일까
두 눈 크게 뜨면 더 선명할까
아무도 알지 못하는 길
멈추고 싶어도 멈출 수 없는
끝을 모르고 달려야만 하는
설국열차 같은 인생길
오늘도 눈을 가늘게 뜨고
종착역을 찾는다.

풀이 되었나

유월 들판은 풀들의 축제장
장날 모인 사람들처럼 수다가 한바탕이다
자고 나면 쑥쑥 자라는 풀들
종류도 너무 많아
그 이름 다 부르기엔 너무 숨이 차
오늘은 출석 생략
밭고랑 논두렁 언덕까지
숱한 풀들이 꽃을 매달고 서서
깔깔 호호 신이 났다
누군가 말하길 죽으면 별이 된다던데
혹시 풀이 된 게 아닌가 싶다
천당과 지옥은 너무 멀어서
흙에 묻힌 영혼들
풀로 다시 태어난 것 같아
마구 뽑기가 망설여진다.

아랫집 할아버지

아랫집 할아버지가 별이 되었다. 이곳에서 태어나 아흔한 살까지 살고 경자년 윤사월 스무이렛날, 미수의 아내를 남겨 두고 눈을 감았다. 오래 앓고 누웠던 할아버지보다 혼자 남겨진 할머니 걱정이 더 되는 것은 왜일까. 평생지기 반려자가 떠난 자리는 참으로 휑할 텐데 그 무엇으로 메울 수 있을까.

스무 살에 저 고개를 걸어서 시집왔어. 땅이 질어서 고무신이 벗겨졌지. 이곳에서 자식 여섯 낳고 꼼짝 없이 68년을 살았네. 저 영감 젊어선 인물값 한다고 내 속을 참 많이도 썩었어. 아프기는 왜 그리 자주 아프던지, 내가 영감을 업고 저 고개를 넘어 병원을 찾은 게 몇 번인지 몰라. 젊어서는 기생오라비 같았다니까. 쯧쯧쯧 늙으니까 애기가 됐지 뭐야 얼른 죽었으면 좋겠어.

할머니는 딸 같은 내게 마음에도 없는 소리를 어제도 하고 돌아섰다. 늘 하는 말씀이지만 속마음은 반대인 것을 잘 알고 있다. 죽음이 임박한 남편이 너무 안쓰러워서 넋두리하는 거지. 그리고 평생지기와의 이별이 겁나는 거지.

저기 밭 귀퉁이에 갈 집 마련해 뒀어 나중에 나도 거기로 들어갈 거야.

그렇게 아랫집 할아버지는 지상에서 지하로 집을 옮겼다.

집에서 200미터 떨어진 밭둑으로 잠자리를 옮겼을 뿐, 여전히 이 땅엔 할아버지가 살고 있다. 이곳에 태를 묻고 이곳에 육신이 묻히기까지 참으로 길었던 시간일 텐데, 드디어 여행은 끝이 났다.

궁금한 그곳

멀리 보이는 저 길 끝에는
한 번도 본 적 없는 꿈의 세상
환상의 세계가 존재하는 줄 알았다

고무신 바닥이 다 닳도록
걷고 뛰고 또 걸어도
길의 끝은 언제나 그만큼의 거리

길 저편을 바라보고 있으면
어린 날 기다림이 다시 일어서서
미루나무처럼 줄 지어 걸어온다

숱한 인연들이 저 길을 갔지만
돌아오지 않은 기다림도 있어
아직도 나는 저 길을 바라보고 있다

이 땅에서의 삶이 끝나는 날
그림 속 소실점 같은
저 길 끝을 만날 수 있으려나.

걱정은 파도를 탄다

낯선 남자의 전화는 가슴이 내려앉는다
"할머니가 길을 잃어서 제가 전화를 드리는 겁니다."
딸과 멀리 떨어져 사는 93세 엄마
아파트 동호수를 잊고 주변을 헤매신다는 전화다
아기처럼 허둥대며 당황하셨을 엄마
친절한 남자는 엄마의 전화기를 들고
아들과 딸 찾아 단축번호를 눌렀을 터,
먼 데 사는 딸은 가슴이 철렁 내려앉아
숨을 제대로 쉴 수가 없다
간신히 엄마와 통화가 되어 엄마를 부르자
"얘야! 너 기침은 가라앉았니? 배를 먹으면 금방 나을 텐
데."
온통 딸자식 걱정에 당신의 일은 까맣게 잊으신 것 같다
환갑도 지난 딸에게 찬물 먹지 말고 이불 잘 덮고 자라며
하신 말 또 하시고 자꾸만 당부를 하신다
나는 엄마 걱정뿐인데
엄마는 딸 걱정에 잠을 못 이루시는 것 같다.

부디 오래오래

차창 밖은 참 평화롭다
구월의 들판은 황금물결
멀리 양수리 물빛도 금빛이다
기차는 일정한 보폭으로 철커덕철커덕
엄마한테 가는 길이 왜 이리 먼가
이 나이에 엄마를 부를 수 있는 것만으로도
복 받은 거라며 부러워들 하는데
엄마가 점점 멀어지는 것 같아
자꾸만 손을 뻗어 잡고 싶어진다
늘 전화기 너머로 듣던 목소리
"엄마다."
목이 터져라 불러도 대답 없는 날이 오겠지
그런저런 생각을 하다 보니
가을 풍경도 내 마음도 푹 젖어 버렸다
아흔네 번째 가을을 맞고 있는 울엄마
100번째 가을도 그 이상의 가을도
꼭 만나시길 빌어 본다
그때도 지금처럼 고구마 줄기를 벗기며.

어머니 우리 어머니

혼자서는 운신할 수 없는 몸
점점 눈꺼풀이 내려와
눈을 떴는지 감았는지
깊은 주름 사이로 눈물이 흐른다

가늘게 달싹이는 숨결
점점 작아지는 등잔불 같아
억지로 심지를 돋우어 보지만
불빛은 여전히 흐릿하다

거미줄 같은 생명의 끈
혹여 바람이라도 닿을까
숨이 졸아들 것만 같아
깊은 한숨을 숨어 쉬는데

모든 감각이 둔해지고
손끝조차 움직이기 힘든 순간에도
말린 혀를 억지로 움직여
애야! 밥 먹었니?

* 2020. 6. 13.

먼 그곳에

병상에 누워 옴짝달싹 못한 채
귀는 전화기에 두고
눈은 문 앞을 서성인 채
딸의 목소리 아들의 얼굴
종일 기다리는 엄마
우리 엄마.

나이만큼 커지는 사랑

내 너를 서른 살에 낳았어
내 나이 아흔다섯이라는데 넌 지금 몇 살이냐?
귀가 어두운 엄마는 나도 못 듣는 줄 알고
큰소리로 물으신다
대상포진 붉은 띠를 온몸에 두르고
딸내미 걱정에 아픔도 잊으신 듯
너 독감 주사 꼭 맞아라 감기 들라
코로난가 뭔가 걸리믄 죽는댜 조심혀
밥 굶지 말고 때에 꼭 챙겨 먹어야 혀
차 조심하고 한눈팔지 말고 앞만 봐
환갑 진갑 다 지난 딸이 아직도 어린애 같은지
당부하고 또 당부를 하신다
엄마의 잔소리 같은 저 큰 목소리
앞으로 얼마나 더 들을 수 있을지…
더 듣고 싶어 못 들은 체 딴전을 피우면
더 더 큰 소리로 밥을 먹으라신다
엄마는 왜 나만 보면 밥이 생각나실까
배를 곯던 기억이 가장 큰 아픔이었던 게지
당신은 배를 곯았어도 자식만큼은 먹이고 싶은
엄마의 마음은 나이만큼 더 커지는 것 같다.

* 2023 예술가 봄호.

/ 제3부 /

기억 속을 달리다

저녁 7시 30분

늘 같은 시각
어김없이 전화를 걸면
한참을 울려야
귀에 닿는 소리 들리고
엄마!
엄마?
어린아이처럼 크게 부르면
엄마다~~
엄마 저녁은?
먹었지 너는 안 먹었니?
지금 뭐하셔?
테레비 보지
오늘도 아무 일 없이 잘 지내셨어요?
너 밥 먹었니? 아픈 데는 없고?
날마다 똑같은 질문과 답
갈수록 귀가 어두운 엄마는
긴 대화가 안 된다
크기와 울림을 짐작으로
묻고 답하는 엄마
그래도 나는
오래오래 엄마를 부르고 싶다.

엄마의 진심은 무얼까

엄마는 왜 그러실까
딸은 남의 식구
사위는 백년손님

정작 속을 터놓는 자식은
딸내미면서
왜 남의 식구라 하시는지…

아들만 자식이라 믿는 우리 엄마
딸네 집에 살면 남들이 흉본다니
참 안타까운 일이다

96세 엄마는
남의 식구라는 딸을
오늘도 기다리고 계시면서.

문산 가는 길

　엄마가 대상포진 때문에 밤새 앓으셨다는 소식을 듣고
나 또한 밤새 뜬눈으로 보냈다. 그 무서운 코로나도 비켜
갔는데 대상포진이라니… 원주에서 문산까지 기차 타고 전
철 타고 버스 타야 갈 수 있는 길인데 하필 주말이라 기차
표가 모두 매진이다. 혹시 누가 예매한 표를 취소하지 않
을까, 밤새 기도하며 휴대폰으로 빈 좌석 나기만을 기다렸
다. 기도가 닿았는지 동이 틀 무렵 상하행 한 자리씩 자리
가 나서 기차를 예매하고 엄마한테 가는 중이다. 마음은
기차보다 빨리 달려 이미 엄마 집 문 앞에 서 있다. 목이 터
져라 엄마를 부르는 내 모습이 아이 같다. 엄마였다면 딸이
아프다는 소식을 듣고 걸어서라도 밤에 도착했을 터인데
부모와 자식의 차이일까 기차 탓만 하고 하룻밤을 넘긴 죄
책감에 마음이 무거워 고개를 떨어트린다.

아기가 된 엄마

모로 누운 엄마의 몸이
어찌나 야위었는지
양팔로 번쩍 들어 품에 안고
엄마가 내게 그랬듯
자장가를 불러 드리고 싶다

아기 몸으로 이 세상에 와
어른으로 잠깐 살다가
다시 아기가 되어 가는 것이
우리의 삶이라지만
정말 아기처럼 누워 계신 엄마를 보니
마음이 너무너무 아프다

95년을 살아오는 동안
온몸의 기력 자식에게 다 쏟고
앉을 힘도 없어 누워만 계시는 엄마
가는 시간을 붙들어 매고 싶다

혹여 내가 잠들면
엄마가 멀리 가실 것만 같아
엄마 발을 꼭 붙들고
밤을 새워야 할까 보다.

반가운 목소리

구십육 세 엄마는 귀가 어두워
원활한 대화가 불가능한데
어젯밤 느닷없이 걸려온 엄마의 전화
반가움에 큰 소리로 엄마를 부른다
엄마! 엄마! 엄마가 전화를 다 하셨네
내 소리는 듣지도 못하면서
큰 소리로 말을 하신다
"얘! 나 백만 원만 다오. 어린이날 손주 용돈 주게."
아이쿠 엄마! 돈이 필요하시구나
당장 갖다 드릴게요
엄마가 돈 달라는 목소리가
이렇게 반갑고 고마울 줄이야
흐려져 가는 기억 속에서도
어린 손주들의 어린이날을 생각하시다니
가슴이 뭉클하면서도 기쁘다
엄마가 매일 돈을 달라고 전화하시면 좋겠다.

꽃만 보면 찰칵

오가다 마주치면 너는 항상 웃고
웃는 너를 보면 나는 어김없이
찰칵찰칵 또 찰칵

언제부턴가 꽃만 보면
이름도 부르기 전에
휴대폰 속에 먼저 가두고 만다

꽃을 찍어 대면 늙는 거라던데
자꾸 꽃 앞에 발이 멈춰지는 것이
세월은 속일 수가 없나 보다

가을 속을 걷는 오늘도 나는
쑥부쟁이, 구절초, 코스모스 앞에서
악수보다 먼저 찰칵찰칵이다.

* 2020 한국시인협회 사화집에 실림.

퇴고하듯

곁가지를 싹둑
온전치 못한 열매는
적과를 하는 게 옳아

좋은 나무를 만들려면
자르고 다듬고
버릴 줄도 알아야지

원고지 이랑에 심어진 낱말들
어여쁜 새싹이라도 군더더기는
솎아내고 뽑아야 되지

우리 삶도 그렇게
퇴고를 하듯
다듬고 버리면서 살아야 되지.

파리를 잡고 싶다

소리도 없이 날아와
눈앞을 가리는 파리들

고개를 흔들어도
손을 까불어도
날아가질 않는다

누가 초대한 불청객일까
눈을 깜박거리고 비벼 보아도
갑갑하긴 매한가지

파리 잡으러 병원엘 갔더니
병명은 비문증
그냥 동무하며 살라고 한다

나이가 든다는 것은
귀찮은 동무가 많아진다는 것.

이게 소설이지

요즘 신문을 펼치고 앉으면
오늘은 또 어떤 기사를 읽게 될까
기대감과 불안감이 동시에 든다

소설에서도 못 본 사건들이 넘치는 세상
절대 일어나면 안 되는 희귀한 사건들
읽고 싶지도 않은 흉측한 일들이
지면 위에서 비웃음을 흘리고 있다

아기를 중고시장에 내놓은 엄마
아니, 엄마라 지칭하기도 싫은 여자
고양이 강아지도 제 새끼를 지키려고
기꺼이 목숨도 버리는데
어찌 사람이 이런 짓을 할 수 있을까

단돈 20만 원에 아기를 팔겠다니
그 아기가 훗날 이 기사를 보면 어쩌지
오늘 아침엔 화가 가득 차서
밥을 안 먹어도 배가 너무 부르다

소설가들 참 힘들겠다

어떤 글을 지어내야 독자가 놀랄까
세상에 있음직한 이야기가 아닌
넘치고 넘치는 희한한 사건의 바다에서.

늙지 말고 오래 사시길

밭둑에 빙 둘러선 대추나무
울긋불긋 가을이 왔음을 알릴 때면
오가는 사람들 발길 멈추고 따먹었는데
작년엔 해거리 탓에 이파리만 무성했다

올해는 여러 사람과 나누리라 생각했는데
장마와 태풍이 워낙 대단해서
여물기도 전에 후두두둑 쏟아져
팔 힘 좋은 녀석들만 매달려 있다

자고 나면 붉어지는 녀석들을 보며
적지만 누구와 나눌까
궁리하며 행복했는데
그것도 헛꿈이 되고 말았으니

한 이틀 집을 비운 사이
한 톨도 남김없이 누가 다 털어갔다
웃자고 하는 서리라기엔
너무 화가 나는 일

한 해 농사를 몽땅 훔쳐간 사람

대추가 무척 먹고 싶었나 보다
대추 보고 안 먹으면 늙는다는 말 때문일까
그 사람 오래오래 늙지 않고 살겠네.

가을 앞에 서면

그토록 목이 타던 봄 언덕
가슴팍까지 물이 차오르던 장마
뿌리까지 뽑을 기세로 흔들어 댔던 태풍

그 시련을 모두 견딘
들판의 작물들
승리의 만세를 외친다

젖은 흙을 걷어 내자
바알갛게 웃어 보이는
햇고구마

온 힘을 다해 지켜 낸
탱글탱글한 열매
그 대추가 붉게 익어 간다

가을 앞에선 누구나
승리자가 된다
그리고 익어 간다

햇덩이 닮은 감이며
투닥투닥 떨어지는 밤송이 앞에선
누구라도 고개 숙이지 않을 수 없다.

행복의 길

대여섯 살 무렵부터 시작된 길 위에 나는 아직도 서 있다. 고사리 손을 펼쳐 손가락 짚어 가며 또박또박 책을 읽을 때면 커진 내 목소리만큼 아버지 칭찬의 박수 소리도 커졌다. 책을 많이 읽어야 사람이 된다. 책 속에 길이 있다고 했어, 그 길을 따라가야 성공할 수 있단다. 어린 나는 아무리 생각해도 알 수 없는 말이었지만, 마술에 걸린 듯 틈만 나면 책을 잡고 앉아 길을 찾았다. 어릴 때 놀음처럼 손가락 세워 행간을 짚어 가며 이 길, 저 길, 구부러진 길… 60년을 헤매고 있다. 아버지 말씀하신 성공의 끝은 어딘지 몰라도 책을 펼치고 앉으면 무한히 행복하니 참 좋은 길임에 틀림이 없다.

* 2021 여성문학 사화집에 실림.

기억 속을 달리다

시간의 문을 열고 들여다보면
깊고 좁은 골목이 훤히 보인다

그 골목엔 젊음이 출렁거리고
해 질 녘이면 아이들 부르는 소리와
아우성치는 온갖 삶이 널려 있다

별것도 아닌 일로 의미를 만들고
작은 일에도 행복하다며
자랑하고 떠들썩하던 곳

그들이 다 떠나간 골목엔
강물처럼 고요만이 흐르고
발을 내디딜수록 짙은 어둠만 보인다

너무 가난해서 잃을 것도 없던 삶
당연처럼 붙어살던 허기짐
기억 속 골목엔 아직도 그런 것이 남아 있다.

나아질 거야

한 주마다 만나는 그는 매번 사연을 안고 온다
어제는 어디가 아팠고
삼 일 전에는 형이랑 다투었고
사랑하던 여자에게 차여서 슬펐고
담배를 끊기 시작했다며 껌을 물고 오더니
견디지 못해 다시 흡연을 한다고 했다

글 쓰는 것을 배우고 싶다고 찾아온 그는
작곡도 하고 작사도 잘하는 스물한 살 청년
마음만 먹으면 못하는 것이 없는 천재지만
그 마음 한번 먹기가 그렇게 힘들 수 없다

그의 집중 시간은 십 분
약을 먹어야 견디고
쉼 없이 하소연을 해야 하고
바깥에 나가 산책하고 담배를 피워야 사는

미워할 수 없는 아기 같은 친구
내가 보듬어야 하는 미쁜 녀석
힘내라
곧 나아지겠지.

기차를 기다리며

바람 부는 플랫폼에 선다
열차는 정확한 시각에 와서 멈추고
정해진 좌석에 등 기대고 앉으면
금세 안락함에 빠져 눈을 감게 된다

작년까지는 무궁화호를 탔기에
작은 역마다 멈추어 설 때면
주변 풍경과 창밖 사람들 보는 것도 좋았는데
올해부터 빠른 기차가 생겨 구경거리가 줄었다

편리를 좇아 발달하는 기술은
우리의 낭만과 꿈을 빼앗았고
시간에 쫓기며 살아가는 삶은 점점
기계와 한 몸이 되어 가는 느낌이다

아무런 설렘이나 감흥 없이
도심에서 버스를 기다리듯
오늘도 나는 기차를 기다리고 서 있다
이동수단 그 이상도 이하도 아닌.

기다림이 있는 곳

기차는 어김없이 약속된 시각에 멈추어 섰다
하나둘 셋, 숨을 삼키자 문이 열리고
떠밀리듯 사람들이 쏟아져 나온다
청량리에서 안동까지 가는 중앙선 열차
가장 많은 승객이 타고 내리는 원주역
나는 오늘 딸을 기다리고 서 있다
기차 타는 게 소원이라는 두 아들을 앞세우고
친정에 오는 딸도 얼굴에 꽃이 피었다
할머니! 하며 와락 안기는 손주들
두 팔 벌려 안고 볼을 비비는 사이
열차는 할 일을 마쳤다는 듯 미끄러지듯 멀어지고
철길 옆 코스모스가 배웅하듯 손을 흔든다
날마다 이별이 있고 날마다 설렘이 있는 곳
기차역은 예나 지금이나 기다림이 있어 좋다.

* 2021 한국시인협회 사화집 실림.

불면의 밤

불을 끄고 눈을 감으면
더욱 선명하게 떠오르는
기억의 골짜기
그곳엔 코흘리개 여자아이가
울먹이며 떨고 있다
촛불처럼 흔들리는 눈동자
사방은 고요와 두려움
소리조차 못 내고 우는 아이
손에 든 싸리나무가 다 젖었다
회초리를 꺾어 오라는 명을 받고
쥐똥나무 아래 숨어 우는
그 아이 때문에 잠에 들 수 없어
또 여명을 마주한다.

들풀처럼 가벼웁게

부르지 않아도 땅을 비집고 올라와
싹을 틔우고 꽃을 피우고 씨를 남기고…
제 할 일 마친 들꽃이
다시 흙으로 돌아가는 모습을 볼 때면
그들의 삶이 참 부럽다
누구 하나 불러 주는 이 없고
아무도 기억해 주는 이 없어도
묵묵히 제 생을 마치고 흙이 된다
인간의 삶도 들풀과 다를 게 없을 텐데
하지 않아도 될 걱정에 대부분 삶을 허비하고
부질없는 욕심에 버릴 것들만 쌓고 있다
자연에서 잠시 왔다
자연으로 다시 가는 것뿐인데
들꽃의 삶은 얼마나 가벼운지.

밤을 주우며 생각한다

밤송이가 비명을 지른다
톡, 토오옥 톡
벌어진 밤송이에서 빠져나온
알밤 세 개가
따로따로 뒹군다
엄마 손을 놓치는 순간
삼 남매는 각자 흩어져
영이별을 하고 마는데
아직 나는
엄마 손을 놓지 않았다
우리 삼 남매도 이별하지 않았다.

마음의 문을 열고 싶어

굳게 잠긴 너의 문
늘 서성이다 돌아서곤 한다

바람 한 잎 들어갈 수 없는
어둠만 가득한 그곳

너의 집보다
나의 마음이 무거워진다

이젠 열어야 할 때
너와 나 언제라도

자유롭게 드나들 수 있는
공유의 번호를 달아야겠다.

산을 보면서

이다음에 다시 태어난다면 뭐가 되고 싶어?
아이 같은 질문을 짝꿍에게 한다
그렇게 묻는 사람은 뭐가 되고 싶지?
나는 나무가 되고 싶어
소나무나 은행나무처럼 오래 사는,
나는 새가 되고 싶어
훨훨 날아다니는 새가,
그럼 나에게 또 오겠네?
각자의 속을 알 수 없는 웃음을 웃었다
멀리 산을 바라보면서.

모래를 세듯

사방의 벽은 온통 책들로 가득한데
머리는 점점 하얗게 비워져 간다
아니, 처음부터 담긴 게 없다
책 속의 진리는 눈앞에서 어른거리다
다시 책 속으로 뛰어 들어간 듯
방금 전 읽은 내용이 전혀 기억나지 않아
또 다른 책을 꺼내 펼쳐본다
아는 게 없는 나는
이 놀음을 평생 하지만
나이가 들수록 머리는 더욱 흐려지고
정말 아는 게 없는 사람으로 살다
책으로 벽만 쌓은 채 마칠 것 같다.

내가 살고 싶은 집

내일을 알 수 없는 삶을 살면서도
늘 새로운 집을 짓고 싶음은 왜일까
그간 살아 본 수많은 집들이 있지만
몸과 마음이 편하지 않으니
정말 살고 싶은 집에서 살아 봤으면 좋겠다
우리 집 멍멍이 마루는 통나무집에 사는데
나도 저런 집 한 채 갖고 싶다고 했는데
그냥 허허허 웃기만 한다
닭장도 짓고 근사한 개집도 지어 주었으면서.

다이어트가 고민이라고?

먹어야 한다
그럼 또 빼야 한다
차라리 눈을 감는다

닥치는 대로 삼키고
돌아서서 후회하고
먹고 또 먹고 또…

셀 수 없이 삼켜 댄 음식물들
장마에 막혀 버린 하수구처럼
고장이 날 만도 하지

하룻밤 위장을 텅 비운 채
한 컵의 조영제를 마시고
거짓 없는 삼킴의 흔적을 들여다본다

한 모금의 물의 흐름도 보이는
위장조영촬영검사
저걸 보면 아무거나 먹을 수 없겠지.

내가 병인 것 같아

우체국에 들러 "우표 주세요." 했더니
바코드 번호가 찍힌 스티커를 내민다
"이거 말고 진짜 우표요."
"요즘은 편지도 잘 안 쓰고 풀질하는 거 귀찮다고 우표
안 사 가요."
"저는 스티커 말고 그냥 우표 주세요."
직원은 고개를 갸웃하며 서랍에서 우표를 꺼내 준다

나는 지금도 손으로 편지를 쓰고
받는 사람의 얼굴을 떠올리며
우표를 고르고 골라
정성으로 풀칠해 봉투에 붙여 보낸다

받는 사람이 내 정성을 아는지 모르겠으나
나는 의식을 치르듯 편지에 진심을 담는다
마주 보지 않고 마음을 전하는 일이기에
더 공을 들여 글씨를 쓰고 우표를 붙인다

하얀 바탕에 검은 줄 세워진 바코드 우표,
계절에 어울리는 꽃잎 우표 달고 찾아오는

손 편지에 비길 수 있을까
나는 오늘도 우체국에 들러 우표를 산다.

/ 제4부 /

기억 주머니

또 가을을 만났네

너무 벅찬 일이야
남들은 이 마음 알 리 없지
알록달록 번져 가는 빛깔들
키가 쑥 자란 하늘과 구름
보송한 살갗을 쓰다듬는 바람
아! 정말 가을이구나
감사의 미소가 절로 지어진다
아프다는 말도 사치일 뿐인
남은 날이 많지 않은 사람은
새로운 계절을 맞는다는 것이
얼마나 축복이고 감사한 일인지
날마다 속으로 눈금을 세며
아슬아슬 줄타기하듯 걸어온 길
아! 바람이 맛있다.

아직도 나는

빨간 우체통만 보면 나도 모르게 발을 멈춘다
기쁨을 물고 온다는 하얀 제비
가슴에 이름표처럼 달고 서서
편지를 기다리는 우체통을 보면
어린 시절 내 모습 같아 정이 간다
서울 간 오빠의 편지를 기다리며
배달부 자전거 소리에 귀 기울이던 나,
무거워 보이는 커다란 가방 속에는
내 이름 적힌 편지가 있을 거라 믿으며
목을 늘이고 종일 기다렸던 그림이 떠오른다
자전거는 대부분 따르릉하며 나를 지나쳤다
반짝반짝 멀어지는 은륜을 바라보며
내일을 기다리는 법을 배웠다
그 후로 60년이 다 되어 가는 지금도
편지통만 보면 발을 멈추고 편지를 넣고 싶다
예쁜 우표 곱게 붙여서
제비처럼 훨훨 날아가라고
빨간 통 안에 내 마음을 담고 싶다.

* 2022 문학시대 겨울호.

쉬운 게 없지

사람들은 삶이 힘들다고 아우성이지
들판의 식물들은 삶이 쉬웠을까
뿌리까지 타들어 가던 가뭄과
목까지 차올라 숨을 헐떡이게 한 장마
온몸을 송두리째 휘두르던 태풍까지
한순간도 편한 시간이 없었지
태연히 웃고 있는 황금들판을 보면
갖은 고생 다 견디고 자식 우뚝 키워 낸
부모의 모습 닮지 않았는가
바람에 몸을 맡기고 노랗게 웃고 있지만
내 어머니의 늙은 모습 같아 마음이 짠하다
우리도 나이 먹는 게 쉽지 않듯
세상 모든 것들이 나이 들어가는 것은
참 힘든 일이야.

* 2022 문학시대 겨울호.

가을 앓이

시월 하늘은 키도 크고 마음도 넓다
바다를 가슴에 안은 듯
온 하늘은 물빛 가득
구름이 파도친다

누구라도 이 가을 앞에서는
한없이 너그러워지고
나누고 싶어진다

엄마의 사랑처럼 넓게 퍼지는 햇살
그 빛 먹고 익어 가는 열매들
잔치라도 벌이려는 듯
때때옷 갈아입고 춤을 추는데

내 삶의 눈금도 시월쯤 된 것 같은데
아직 나는 키도 자라지 못했고
마음도 퍼지지 않은 채
가을만 된통 앓고 있다.

거짓말을 모른다면서

땅은 거짓말을 안 한다고
예부터 내려온 정직의 표본이라고
땅을 일구고 살면 죄 지을 일 없다고
그만큼 땅에 대한 믿음이 큰 민족
우리나라 사람 아니던가
그러나 한 뙈기의 땅이 사람을 변하게 하고
부모 형제도 외면하는 세상이 되었다
흙에 곡식을 심지 않고
아파트를 심기 시작하면서
땅은 도술을 부리듯
자고 나면 널뛰듯 값이 올랐다 내렸다
사람들은 이제 땀 흘리며 땅을 일구지 않고
기계로 아파트를 심는다
땅강아지 지렁이가 살 수 없도록
시멘트를 들이부어 꼭꼭 다지고
키가 큰 아파트를 심는다
땅은 거짓말을 할 줄 모른다고 하면서.

* 2023 예술가 봄호.

나의 소원은

노래처럼 입에 달고 사는 아프다는 말
그 노래를 매일 듣는 사람은 얼마나 괴로울까
통증의 바늘로 수없이 찔리다 보면
삶의 의미를 다 잊게 되고
차라리 죽고 싶다는 생각뿐이다
그런데 참 이상하지
너무 아파서일까
인간이 견딜 수 있는 한계치를 넘나드는 고통 속에서도
가족을 걱정하게 되다니
차라리 내가 아픈 게 다행이야
이 아픔, 이 고통을 남편이나 자식이 겪는다면
그걸 보는 게 더 아플 것 같아
죽는 날까지 아픔은 나만 겪게 해 달라고 빈다.

* 2022 한국시인협회 사화집.

만능 치료사

숲에 들어선다
천천히 숲의 향기를 맡는다
온몸의 세포가 잠에서 깨는 것 같다
온갖 나무들이 웃고 있는 숲에서
숨을 크게 들이마시고 조금씩 뱉어 본다
그동안 마음껏 삼키지도 못했던 바깥공기
배가 부르도록 바람을 마셔 본다
숲의 향기가 온몸을 돌고 돌아
구석구석 치유를 한다
자연의 손길은 만능 치료사
숲에 오면 모든 병이 나을 것만 같은데
우린 숲을 잘 지키고 있는 걸까.

* 2022 여성문학인회 연간집.

허무

부고를 받고 달려가
이틀 밤을 보냈을 뿐인데
......

삼 일째 동이 트기 무섭게
영정사진 앞세우고
급하게 가야 한단다

눈을 감고
불과 3일이면
모든 게 끝이라니

한 줌의 가루가 되기까지
그렇게 긴 세월 힘들어야 했나
이별의 시간이 너무 짧다

세상의 시계는
살아 있는 자들을 위한 것일 뿐
허무라는 말밖엔 나오지 않는다.

사람과 새

6월 들녘은 새들의 잔칫상
뽕나무에 오디가 다닥다닥
보리수 빨간 열매가 주렁주렁
향기로운 블루베리까지 상에 올랐다
배가 부른 새들은 노랫소리도 경쾌하다

아는 게 많으신 아랫집 할머니는
뽕이 열릴 때 얼른 콩을 심어야 혀
그래야 새가 콩을 안 파먹어
새들은 눈이 밝아서 흙속의 콩도 파먹는 걸

조물주의 시계는 참으로 정확하다
콩 심을 철에 새들의 먹이를 가득 내주다니
인간은 새를 피해 곡식을 심어 가꾸고
새들은 인간을 피해 먹잇감을 찾는다

해충을 잡아먹으니 이롭다면서도
곡식을 쪼아 먹는 새를 쫓을 수밖에 없으니
과일을 쪼아 댈까 과수원 농장주는
총소리를 울려 쫓기도 하고
곳곳에 허수아비를 세우기도 한다

새들의 입장에선 인간이 참 야속하리라
조금만 나눠 주면 될 텐데 하겠지
6월은 열매 덕분에
새들이 배불리 먹을 수 있어
훠이훠이 외치지 않아도 돼 참 좋다.

반성

날마다 공짜로 숨을 삼키고
아무렇지 않게 햇빛 옷을 걸치고
머리를 쓰다듬는 바람에게
고맙다는 말을 한 적이 없네

이런 무심이
누군가를 아프게 하고
누군가를 섭섭하게 하고
누군가에게 상처를 남기지는 않았을까

환하게 웃어 주는 하늘을 보다가 문득
부끄러움에 고개를 숙이게 된다
고맙고 또 고마워라
세상은 온통 감사한 것뿐이다.

어려운 숙제

엉켜 버린 실타래는 풀 수 없을까
어디서부터 꼬인 것인지
잡아당기면 당길수록
더 단단히 조여들고 마는 것을

서로의 마음을 볼 수 있다면
금세 풀리고 말 일인데
굳게 닫힌 마음은 점점 어두워지고
가슴만 답답할 뿐이다

오해는 오해를 낳고
미움은 미움을 낳고
사랑은 사랑을 낳는다는 말
알고 있지만 참 어렵다.

인연의 끈

줄을 끊어 버리듯
잘라 버릴 수만 있다면
누가 마음앓이를 하겠나
보이는 끈은 자를 수 있지만
마음을 묶은 사슬은,
인연이란 이름으로
풀 수 없이 엮이어
죽는 날까지 함께 가는 것을.

빈털터리

철이 들기 전엔 하고픈 것들이 많았지
공상이 취미였던 그때는
그 무엇도 부럽지 않았어
하루에도 수십 번씩 꿈을 바꾸며 행복했지
무엇이든 다 될 것 같고
무엇이든 다 할 수 있을 것 같던
넘치는 자심감에 고개를 세우곤 했지
그런 날들은 철이 들면서 점점
시들어 가는 꽃처럼 사그라들더니
이젠 빈털터리가 되었네
꿈이 사라진 순간부터
견딜 수 없는 허기를 느끼지만
다시는 채워지지 않는 꿈
꿈을 품었던 그 옛날이 그립다.

옹알야옹 옹알야옹

어딘가에 새끼를 낳고 온 듯
까칠해진 털과 홀쭉해진 배
고양이는 밥 좀 달라는 듯
옹알야옹 옹알야옹 한다

며칠은 굶은 듯 너무 앙상해
얼른 먹이와 물을 내주니
허겁지겁 먹이를 삼키고는
급하게 다시 돌아선다

새끼들이 기다리는 곳으로
젖을 먹이러 가는 것일 터
산모는 사람이나 짐승이나 똑같아
먹는 것이 새끼를 살리는 일이지

옹알야옹 구걸을 해서 배를 채우고
허기에 지칠 때까지 새끼들을 또 품고 있겠지
길고양이의 모성을 보면서
마음이 짠해 빈 밥그릇만 쳐다본다.

가족이 된 너

마루야!
네가 우리 품에 안긴 지
어느덧 100일이 되었구나
밥 잘 먹고 잘 뛰어놀고
무럭무럭 커 주어서 고맙다
너 아니면 누가 그렇게 나를 반겨 주겠니
언제 보아도 총알처럼 달려와 안기는 너
떨어질 듯 달랑거리는 너의 꼬리가 불안하다
바알간 긴 혀를 내밀고
까만 눈동자로 뚫어져라 바라보며 낑낑대는
너를 가만히 보고 있으면
나는 너의 마음을 읽을 수 있지
  반갑다고
      보고 싶었다고
            기다렸다고
개띠인 나와 너는 통하는 게 있나 보다
너무 좋아 팔딱거리는 너를 보면 너무 미안해
외롭게 해서
기다리게 해서
마루야! 오래오래 함께 살자
부디 건강하고 행복해라.

오늘이 초복이라네

삼계탕 집 마당에 자동차가 줄 서 있다
오늘이 복날이구나
덥긴 참 덥네
아침부터 퍼붓던 장맛비 잠시 멈춘 사이
우리 집 강아지 마루가 마당에 나와 몸을 턴다
이 더위에 털옷을 입고 있으니 얼마나 더울까
비는 퍼붓지
날은 후덥지근하지
마루 밑 흙바닥에 배를 깔고 엎드린 채
혀를 내밀고 열을 식히듯 숨을 쉰다
에라, 마루에게 복달임을 해 줘야겠다
닭 한 마리 사 가지고 푹 고와서
너도 먹고 나도 먹자
오늘이 초복이란다
마루야! 세상 참 좋아졌지?

고사리 형님

　자주 가는 온천에서 만난 지인인데 사람들은 모두 고사리 형님이라고 부른다. 나이도 많지만 풍채도 크고 마음은 대장부만큼 더 커서 그냥 형님 소리가 저절로 나오게 된다. 그 형님은 고사리 농사를 짓는데 내년 수확량이 이미 다 판매 예약이 끝났단다. 고사리도 형님처럼 부드럽고 맛있다고 사람들은 형님도 좋아하고 고사리도 좋아한다. 온천에 먼저 온 사람들은 늘 기다리면서 "왜 형님이 안 오시나 형님은 월, 금 오시는데." 서로의 시간까지 기억하며 기다리는 형님은 만물박사다. 농사 이야기며 요리 이야기며 모르는 게 없고 누구에게나 친절하게 잘 가르쳐 준다. 또한 아픈 사람들에게 경험을 살려 좋은 치료 방법도 알려 주고 따뜻하게 위로도 아끼지 않는다. 남들에겐 항상 친절한 형님이 정작 당신은 건강이 안 좋아 보는 이 마음이 안타깝다. 늘 관리하면서 살아야 한단다. 혹여 한 주라도 못 보고 지나가면 걱정이 된다. 마음이 이렇듯 간다는 것은 가족이나 진배없다는 뜻. 많은 사람들이 나와 같은 마음이니 고사리 형님 팬클럽이라도 만들어야 할까 보다.

자꾸 보다 보니

침대에 누워 창문 멀리 바라다보면
주인이 누군지 모를 무덤이 있고
그 무덤의 표식처럼 우뚝 선
고압선 송전탑이 정면으로 보인다

집 가까이 송전탑이 있고
묘지가 보이면 안 좋다고
그래서 집값을 깎아야 한다고
부동산 중개업자는 말한다

처음에는 신경이 쓰였지만
날마다 마주 보게 되니
이웃집 할머니를 보는 것처럼
건너편 묘지에 인사를 하게 된다

자꾸 묘지와 마주하다 보니
사람이 살고 죽는다는 것
집 안과 밖에서 자는 것이 다를 뿐
삶과 죽음이 멀다고 느껴지지 않는다.

기억 주머니

구멍 난 봉지에 담긴 설탕처럼
생각들이 솔솔 빠져나가
늘 머리는 텅 비어 있다

열심히 주워 담고
뚫린 구멍 막아 보지만
여전히 빈 머리는 가볍기만 하다

오래전 노량진 수산시장에서 게를 사서 봉지에 담아 왔
는데
집에 와서 보니 한 마리가 없어서 바지주머니까지 털어 보
던 기억
그런 건 또렷이 생각이 나는데 왜 어제 오늘 일은 자꾸
까먹을까

나쁜 기억들은 남아 있고
좋은 기억들은 빨리 사라져
기억 주머니를 더 촘촘히 박음질해야겠다.

열차가 지연되고 있습니다

열차는 오지 않았다
사람들은 기차표를 확인하며
전광판 시계를 올려다보느라
눈동자들이 분주하다

  승객 여러분께 알립니다
  KTX 이음 704 열차가
  산사태 복구 작업으로 인해
  40분가량 지연됩니다

밤새 내린 폭우 때문에 연착이란다
방송을 듣고도 아무렇지 않은 듯
휴대폰만 들여다보는 사람,
어딘가로 전화로 연착을 알리는 사람

남들을 살피며 속을 태우는 나
그동안 한 번도 늦은 적 없는 기차
도착역에 약속한 기다림이 있는데
예기치 않은 일로 미안하게 됐다

어디 세상사가 마음대로 되는가

하룻밤 새에 철길이 막히는 것처럼
막막할 때가 더 많았지
그냥 무던히 참고 기다리며 살아왔지.

자주 가는 그곳

고향을 찾듯 죽변항을 간다
남편 고향인 후포에서 조금 떨어진 작은 항구
뭔지 모를 안온함과 익숙한 향기가 좋다
점점 커지는 항구엔 사람들이 모여들고
새벽이면 흥정하는 소리도 웅장해졌다
관광객이 늘었어도 늘 한결같아서 좋은 곳
오늘은 죽변항으로 낚시를 하러 왔다
초저녁 내항엔 고등어 떼가 들어왔다
낚싯대를 내리면 금세 찌가 출렁거리고
어망엔 한 마리 두 마리 고기가 채워진다
밤이 깊어지자 볼락이 자리를 대신했다
보이는 물은 항상 똑같은데
잡히는 물고기는 시간대별로 다르다
마치 놀던 자리 바꿔 앉는 사람들처럼
물고기도 장소를 바꿔 가며 노는 모양이다
그 사이 비는 오다가 멈추고 또 오고
날마다 비가 내리니 항구엔 비린내가 씻긴 듯
말끔하게 닦이어 물 내음만 가득하다
바람이 있어 시원한 여름 바다
지루함이 없는 그곳 죽변항에 또 간다.

수탉

닭장에 암탉이 여덟 마리 수탉이 한 마리
수탉은 여덟 아내를 거느린 왕이다
일부다처제가 우리 집 닭장에 존재한다
시도 때도 없이 꼬꼬댁 꼬꼬댁 꼬끼요오~~
닭들은 먹기 바쁘고 사랑하기 바쁘고
알을 낳고 알을 품느라 바쁘다
모르는 사람들은 수탉이 욕심쟁이인 줄 알지만
아내들을 위하고 지키는 일은 사람보다 낫다
색다른 먹이를 넣어 주면 먼저 암탉들에게 양보하고
낯선 그림자라도 닭장 앞에 어른거리면
암탉들을 안으로 몰아넣고 홀로 전투태세로 맞선다
날아 차기, 날아 쪼기, 소리로 기죽이기
마치 올림픽 태권도선수 같다
누가 닭을 머리 나쁘다고 했나
그들의 삶을 들여다보면 나름 질서가 있다
수탉은 오늘도 암탉들과 평온을 지키기 위해 바쁘다.

/ 제5부 /

코로나19를 기억하며

어느새 옛날이야기가 되었습니다.

우리나라뿐 아니라 전 세계가 고통을 받았던

암흑처럼 답답하고 힘들었던 시간이었습니다.

어느새 기억 저편으로 멀어지고 있는 코로나19의 아픈 이야기

잊지 말아야 할, 잊을 수 없는, 잊어선 안 되기에

마스크 속에서 읊조리던 이야기들을 모아

시집 말미에 실어 봅니다.

코로나19

소리 없는 침투는 사람들의 입을 막았다
눈도 막고 손도 묶었다
적군에게 대항할 무기라고는
손바닥만한 마스크 한 장뿐

시간이 갈수록 경계의 눈빛
얼굴만 마주쳐도 돌리는 고개
서로 말없이 적군이 되어 간다

상대가 쏘는 침 한 방울이
대포보다 무섭고
미사일보다 두려운
공포 앓는 세상이 되었다

그보다 더 두려운 건
정체를 알 수 없는 소문의 뿔
자고 나면 한 뼘씩 자라
괴물이 되어 가는 것

형체를 알 수 없는 적군에게
몸과 마음이 모두 점령되고 있지만
누가 어디서 작전 지시를 하는지
도무지 알 수가 없다.

* 2020. 2. 23.

문을 닫으라는데

새보다 높게 가볍게 멀리
보이지 않게 숨어드는 그놈

막을 방패가 없으니
눈도 가리고 입도 막고
손도 감싸라 한다

인간이 살기 위해 발버둥 치듯
그놈도 안간힘을 다해
종족을 퍼뜨리고 있다

신종 코로나바이러스19
지구촌 곳곳을 향해 날개 펼치고
어디에 앉을까 눈에 불을 켠다

고향이 중국이라고 하던데
중국 이야기만 들어도
사람들은 문을 닫으라 한다

하늘 길도 막고 바닷길도 막고
우리의 입도 눈도 다 가려 보지만
문을 닫는다고 막아지는 일일까.

* 2020. 2. 24.

집 나간 아이 데려오듯

나의 조국이 있다는 것
얼마나 감사하고 또 감사한 일인지

아무 때나 자유롭게 문을 열 수 있는
내 부모가 기다리는 집과 같은 곳
새삼 조국의 소중함을 깨닫는다

외국에 터를 잡고 오래 살면서
그 나라를 위해 일하고 세금 내고
이웃이라 믿고 웃고 떠들었어도
위기에 처하면 외국인일 뿐

신종 코로나바이러스19
안개 덮듯 세상을 짓누르는 아침
우왕좌왕 갈 곳 몰라 헤매는 이방인들
집 나간 자식 찾으러 나가듯
힘 있는 나라들은 서둘러 비행기를 띄웠다

조국이 너무나 가난해서
비행기 한 대 보낼 수 없는 나라들은
발만 동동거릴 뿐

누구도 손을 내밀어 주지 않아
병균 소굴에서 두려움에 떨고 있다

나의 조국이 있다는 것
그리고 나라가 부강해야 한다는 것
이번 참에 많이들 깨달았을 것이다
자랑스러운 우리나라 영원하길!

감기 걸린 꽃

튀밥 터지듯 꽃망울 터뜨리면
폭죽처럼 환하게 웃으며
벚꽃 길을 가득 메우던 사람들

꽃비 맞으며 행복했었는데
그 모든 것이 꿈인 듯
참 슬픈 봄이 되었다

벚꽃도 이 슬픔을 아는지
몸살 앓는 아이처럼
바짝 웅크리고 서 있다

벚나무 아래로 살짝 들어가 본다
벚꽃도 감기 걸린 게 아닐까
마스크를 꼭 눌러 쓴다.

* 2020 봄에.

수인번호 없는 죄인

멀리서 손 흔드는 봄
문만 열면 악수할 수 있지만
창살 없는 감옥의 죄인은
창 너머로 눈인사만 하고 만다

창 밖 세상이 저리 어여쁜데
맘껏 걸어 보지도 못하고
입 벌려 삼키지도 못하는 꽃향기
아! 잔인한 사월이여

개나리, 목련, 벚꽃, 진달래, 라일락까지
그림처럼 바라만보다 다 지고 말아
잠기지 않은 문을 열었다 닫았다
수없이 탈출을 꿈꾼다

형기를 알 수 없는 죄인은
기다림이란 꿈을 또 채워 보지만
언제쯤 이 형기가 끝이 날는지
찬란한 5월은 오고 있는 건지….

* 2020 봄.

사회적 거리두기

성냥골처럼 빽빽이 서 있던 사람들
지하철 안이 훤하게 비었다
일곱 명이 앉는 의자는 한 사람 앉고 한 자리는 비우고
긴 의자에 세 명이 앉으니 넓고 쾌적하다
그 많던 사람들 다 어디로 갔을까
건너편 의자에 마주 보고 앉은 사람은 눈만 보여
아는 사람이라 해도 알아보기 힘들고
그들의 입이 무얼 하고 있는지 알 수 없다
유행이 되어 버린 마스크
누군가 기침을 해도 무섭지 않고
말을 하며 다가서도 덜 불안한 방패
유행병이 사라져도 사회적 거리두기는 필요해
서로 간에 예의를 지킬 수 있는 거리가
우리에겐 원래 필요했던 거지.

우리는 지금 연기 중

이번 생은 망했다며 책상을 두드리는 고3 학생들
인생은 연극이라고 말하니 허탈하게 웃는다
얼굴을 보이지 않는 코로나19 역을 맡은 배우
세상 전부가 무대라는 듯 활보를 하고
그 낯선 이름 앞에서 연기를 펼치는 수많은 배우들
하나같이 마스크로 분장한 채
화를 내기도 하고 울기도 하며 더러는 죽기도 한다
고3 역할은 너무 힘들다며 불평하는 배우에게
조금만 견디면 대학생 역을 맡게 될 거라 말해 준다
고3 역할이나 대학생이 다를 게 뭐 있나요?
재미도 없고 두려운 건 마찬가지일 텐데요
의사나 간호사 역할도 여간 힘든 게 아니야
환자 역할은 또 어떻겠니?
시간이 정해진 게 연극이니 곧 막이 내리겠지
이 공연 끝나면 다음엔 신명나는 배역 줄 거야.

장대비라도 내렸으면

만물의 영장도 어쩔 수 없어
그 어떤 대항의 무기도 갖지 못했어
봄부터 겨울까지 계절을 느끼지 못했고
빈 교실엔 먼지만 수북이 쌓여 갔지

얼굴도 모르고 냄새도 모르는
귀신같은 녀석들에게 우리는
너무 많은 것을 빼앗겼고
이젠 지쳐서 주저앉아 버렸어

부모님 생일도
예수님 생일도
올해는 모두 마음으로만 축하축하

언제쯤 이 코로나가 사라질 건지
나는 계속 살아 있을 건지
이 겨울에 장대비라도 내렸으면 좋겠네
모두 다 씻어 줬으면 좋겠네.

* 2020. 12. 27.

134

정리하다

동인들 모임방에서 알게 된 일상들
어쩜 나와 똑같은지
집 안에서도 마스크를 쓰고
온종일 정리에 몰입한다는 이야기
서로 자기만 그런 줄 알았는데
공통의 생각을 읽고 크게 웃는다
이 밤에 갑자기 열이라도 나면 어째?
격리되면 아무도 못 만난다는데
앓다가 못 나으면
가족들 손도 못 잡고 눈 감을 텐데
내 손으로 내 짐을 정리해 둬야지
삶을 정리한다는 게 쉬운 일인가
코로나가 낳은 이상한 전염의 현상
이 집이나 저 집이나
오늘도 쓸고 닦고 치우고 버리고.

물과 악수하기

손을 씻는다
아니, 물과 악수를 한다
그와 악수를 자주 해야 살 수 있다
생일 축하 노래를 두 번 부를 동안
비비고 문지르고 담그고
요즘 사람끼리는 금지된 악수
하루에도 몇 번씩 물과 맨손을 잡는다
우리의 모든 삶을 지배하는 물이지만
단 한 번도 그의 얼굴을 본 적은 없어
들여다보는 순간 흐르고 마는
그래서 멀리 달아나고 마는
마술 같은 물과 오늘도 나는,
제발 살게 해 달라고 빌 듯
악수하고 또 악수를 한다.

* 2021 한국시인협회 사화집 실림.

잃어버린 일상

언제쯤 찾을 수 있을까
찾을 수는 있는 것일까

당연한 것으로 여기며 살던
그 많은 것들이 지금은
간절한 바람이 되었다

친구들과 밤늦도록 수다를 떨며
노래하고 시름을 털던 일

야구장 축구장에 모여
함성을 지르며 응원하던 일

좋은 사람들과 비행기를 타고 여행하던
그런 일상들이 이렇게 그리울 줄이야

마스크 속에 감춘 얼굴들
환히 드러내고 웃고 울고
얼굴을 비비고 싶다

잃어버린 그날들을 꼭 다시
만나고 싶다.

코로나가 남긴 또 하나

"띵동"
분명 누군가 왔다는 신호
초인종은 단 한 번 울릴 뿐
잠시 후 날아든 휴대폰 문자
대문 앞에 택배가 있습니다
비대면 양해 바랍니다
문밖엔 택배 상자가 덩그러니
갖다 준 사람 얼굴도 보지 못한 채
물건만 집어 든다
점점 사람과의 거리는 멀어지고
귀를 울리는 소리도 멀어지고
문자만 주고받다 보면
우리 목소리도 퇴화하지 않을까.

코로나도 막지 못한 것

작년 봄에 중학생이 된 손자
입어 보지 못한 교복은
옷장에 갇힌 채 일 년을 보내고
다시 새봄을 맞았다
풍선처럼 부풀었던 중학생의 꿈
바람 빠진 공처럼 방에서만 뒹굴뒹굴
친구들 얼굴도 익히지 못한 채
어느새 2학년이 되었고
교복은 작아서 입을 수가 없다
학교도 못 가고 뛰놀지도 못하고
우리에 갇힌 동물처럼 지냈어도
키는 쑤욱 자랐으니
코로나도 막지 못한
그 한 가지 여기 있으니.

어쩔 수 없어서

살점을 뜯어내듯
벽에 붙은 원고지들을 뜯는다
고사리 손으로 쓴 시와 소설들
글을 남긴 아이들은 상급학교로 떠나고
작품에 붙은 이름들만 눈을 맞추고 있다

마음이 너덜너덜해지는 기분이다
모두가 떠난 빈 방을 둘러본다
언젠가 돌아올 때까지 기다리겠노라 했는데
코로나19는 그 약속을 지킬 수 없게 했다

언제나 떠나는 뒷모습을 보는 역할이 나였는데
막상 이곳을 떠나려 하니
참 슬프다
너무너무 허전해서 자꾸 하늘을 본다.

복사꽃 피었네

형체도 보이지 않는 괴물 앞에
코와 입을 막고 눈마저 가려야 산다는데
4월 언덕엔 분홍빛 복사꽃
아무 일 없는 듯 흐드러지게 피었다

그늘을 등지고 서서
해를 향해 팔을 길게 뻗고
작년처럼 재작년처럼
벌도 부르고 나비도 부르고

향기 가득한 꽃 잔치를 열었다
불안에 떠는 것은 사람들뿐
평상시와 똑같이 꽃은 피고 또 지고
벌은 열심히 꿀을 나르고…

불안도 병인지라 떨쳐내야 하는 법
저 복상나무처럼 웃고 싶음이어라
어서 이 잔인한 4월이 가고
사랑 가득한 5월이 오길 기다린다.

* 2021 봄.

잠시 바람이 돌아섰다

숨을 쉴 수 없이 몰아치던 바람
세상을 모두 쓸어 버릴 듯하더니
제풀에 꺾인 듯 고개를 돌린다

하늘도 땅도 바다도 놀라
숨을 꾹 참고
엎드려야 했던 긴 시간

향방을 바꾼 바람 앞에
놀란 가슴 쓸어내리며
마스크 열고 가늘게 숨을 쉬어 본다

바람은 이제 어디로 갈 것인가
어디로 가서 누구를 울린 것인가
다시 또 고개 돌리지 않길 빌며 안녕.

그림 안무달